CATALOGUE

DE

PORTRAITS

VIGNETTES

POUR ILLUSTRATION

COSTUMES ANCIENS ET MODERNES

DONT LA VENTE AURA LIEU

HOTEL DES COMMISSAIRES-PRISEURS

RUE DROUOT, 9, SALLE N° 4

Le Samedi 19 Novembre 1881

A DEUX HEURES PRÉCISES DU SOIR

M⁰ BOULLAND	**M. Henri MENU**
COMMISS⁰-PRISEUR	MARCHAND D'ESTAMPES
Rue des Petits-Champs, 26	Rue Jacob, n. 30

PARIS — 1881

V⁰ˢ RENOU , MAULDE et COCK

IMPRIMEURS DE LA COMPAGNIE DES COMMISSAIRES-PRISEURS

Rue de Rivoli, 144

CATALOGUE   (N° 3)

DE

PORTRAITS

VIGNETTES

POUR ILLUSTRATION

COSTUMES ANCIENS ET MODERNES

DONT LA VENTE AURA LIEU

HOTEL DES COMMISSAIRES-PRISEURS

RUE DROUOT, 9, SALLE N° 4

Le Samedi 19 Novembre 1881

A DEUX HEURES PRÉCISES DU SOIR

———◦◦◦———

Par le ministère de M° **BOULLAND**, Commissaire-Priseur
rue des Petits-Champs, 26,

Assisté de **M. Henri MENU**, Marchand d'Estampes, rue Jacob, 30

———◦◦◦———

PARIS — 1881

CONDITIONS DE LA VENTE

Elle sera faite au comptant.

Les Acquéreurs paieront CINQ POUR CENT, en sus des enchères, applicables aux frais.

Les Estampes et Portraits seront visibles les *Jeudi* 17 et *Vendredi* 18 *Novembre* 1881, chez M. HENRI MENU, rue Jacob, 30, qui se charge des Commissions.

PORTRAITS

1 **Allegrain**, Le Poussin, Tocqué, etc. 8 pièces.
2 **Anne,** reine d'Angleterre. — Princesse d'Orange, de Meyer. 3 p. in-4.
3 **Arnauld**, Bayle, Vincent de Paul, Fénelon, etc. 12 pièces.
4 **Aubert** (Anaïs) et divers. 3 p. in-fol.
5 **Balzac**, Bourdaloue, etc. 13 pièces.
6 **Baronius**, Fr. de Sales, cardinal de Polignac, etc. 6 p.
7 **Bayle**, gr. en 1774; par Savart. 2 f. in-8.
8 **Bernardin** de St-Pierre, par Bertomier et divers. 10 pièces.
9 **Bernis**, par Guyard. 3 p. in-12.
10 **Berry** (Duchesses de) et d'Angoulême, par Gudin. 2 p., gr. in-fol.
11 **Blaise** (F.), feuillant, d'ap. de Troy, gr. in-fol.
12 **Boileau**, par Drevet, 1706. Gr. in-fol.
13 **Boileau**, avec lettre et divers. 8 pièces.
14 **Boileau**, par Alix. Portr. in-fol. col.
15 **Bonaparte** et l'archiduc Charles, par Quéverdo, épr. avant et avec la lettre. 2 p. in-8.
16 **Bonaparte** Ier Consul, par Coqueret, d'apr. Fragonard. Gr. in-fol., col., beau.

17 **Buonaparte**, par Alix. Portr. en pied, manière noire.

18 **Buonaparte** au pont d'Arcole, par Ruotte, in-fol. col.

19 **Buonaparte**, par Ruotte, gr. in-fol., manière noire, avant et avec la lettre.

20 **Buonaparte** (M. et Mme), gravé par un officier. In-fol. en largeur. Pièce rare, non mise dans le commerce.

21 **Bonaparte** (Princesses de la famille). 24 portraits divers.

22 **Buonaparte**, par Bance. Portrait en pied, manière noire. In-fol.

23 **Bossuet**, par divers. 12 pièces.

24 **Breughel**, J. de Cachopin, d'ap. Van Dyck. 4 pièces.

25 **Brizard**, Ducis, Ribier, etc. 14 p.

26 **Buffon**, par Saint-Aubin et divers. Avant la lettre. 7 pièces.

27 **Camoëns**. Joli portrait allégorique, in-fol.

28 **Campan** (Mme), G. Colet, Mme de Lavalette, etc. 10 pièces.

29 **Canova**, Titi, Holbein, etc. 6 p.

30 **Charles V**, par de Marcenay. In-4.

31 **Charles VIII**, Charles IX et divers. 12 p.

32 **Charlotte**, reine d'Angleterre, par Frye. In-fol., manière noire.

33 **Charmois** (De), directeur de l'Académie de peinture, par Simonneau. Grand in-fol.

34 **Chateaubriand**. 12 pièces.

35 **Châtelet** (Mme de). Geoffrin, la Ferronnière, etc.

36 **Chénier**. Avec lettre et divers. 6 pièces.

37 **Claude de France**, Catherine de Médecis et divers. 9 p.

38 **Clément IX**, par Vallet. Grand in-fol.

39 **Crébillon**, par Moitte et divers. 8 pièces.

40 **Colombe** (Mlle), actrice, 1773, par Delattre. In-4.

41 **Condé** (Le grand), par Savart. In-8.

42 **Corneille**, par Ficquet, d'ap. Le Brun. In-8.

43 **Corneille** (Th. et P.). 40 pièces.

44 **Corneille**, par Ficquet. In-8.

45 **Alembert** (D'), par Jollain. In-fol.

46 **De La Mothe**, par Ficquet, 1775. In-4.

47 **De Brianville**, Scnault, etc. 6 p.

48 **Delille**, Dulaure, etc. 22 pièces.

49 **De Longueil**, Baron, Sully, etc. 14 p.

50 **De Mahy**, pharmacien, gravé en 1774, par Bosse. 20 ép., in-4.

51 **Descartes**, par Ficquet, d'ap. Hale. Avec lettre. In-8.

52 **Deshoulières** (Mme). Graffigny, de Genlis, etc. 17 p.

53 **Diderot**, par Henriquez, d'ap. Vanloo et divers. 3 p. in-fol.

54 **Drouot** commandant la charge. Portrait en pied, manière noire. Gr. in-fol.

55 **Ducis**, Dumas, etc. 11 pièces.

56 **Éléonore** d'Autriche, J. Gray, Henriette de France, etc., par Janet-Lange. 6 p. in-fol. col.

57 **Élisabeth-Christine**, reine d'Espagne, par Saudrart. In-fol.

58 **Élisabeth**, par Janet-Lange et divers. 6 p.

59 **Erasme**, par Van Dyck. In-4.

60 **Favart** (Mme), rôle de Roxelane, 1752. Portrait en couleur, in-4.

61 **Fénelon**, par divers. 60 pièces.

62 **Florian**. Avec lettre et divers. 14 pièces.

63 **Fontenelle**, Vanloo, Fleury, etc. 3 pièces.

64 **Forest** (G.), peintre, par Drevet. Gr. in-fol.

65 **Foy**, Napoléon, L. Philippe, par V. Adam. 17 p. in-4.

66 **Galilée**, Geoffroy Saint-Hilaire, Nodier, Pitou. 14 lithog.

67 **Geldelen** (Ch. de), chambellan danois, par Drevet. Gr. in-fol.

68 **Georges**, Bourgoin, Favart (Mmes), etc. 7 p.

69 **Gessner**, par divers, par Cazeneuve et divers, avec lettre, etc. 18 pièces.

70 **Gresset**, par divers. 7 pl.

71 **Guillaume**, prince d'Orange, par Goltius. In-fol.

72 **Guillaume d'Orange**, Muller, Immof, etc. 4 p.

73 **Henri IV**, buste, édité par Renouard. 17 p. in-8.

74 **Hérodiade**, de Troyon. — La Prudence, par Fiesinger, etc., 3 p. in-fol.

75 **Hertoge** (J. de), F. de Moncada, A. de La Faille, etc., d'ap. Van Dyck. 8 p. in-fol.

76 **Holbein**, le Tintoret, etc. 6 p.

77 **Howard** (Cath.), par de Jode. 2 p. in-fol.

78 **Imbault**, musicien, par de la Richardière. 19 p. in-4.

79 **Jeanne d'Arc**. 2 p.

80 **Jeanne d'Albret**, Anne d'Autriche, etc. 11 p.

81 **Jordaens**, Volfart, Hontorst, d'ap. Van Dyck. 5 p. in-4.

82 **Joseph**, sourd-muet, tr. sur le chemin de Péronne, par Lebeau. In-4.

83 **Joséphine** au Sacre, par Pauquet. Portrait in-fol., col.

84 **Joséphine**, impératrice, d'ap. Gérard et divers. 16 p.

85 **La Bruyère**, gr., en 1776, par Savart. In-8.

86 **La Bruyère,** avec lettre et divers. 18 pièces.

87 **Lacépède,** Lamartine, etc. Lot de 12 pièces.

88 **La Condamine.** Portrait allégorique, in-fol.

89 **La Fontaine.** Portraits avec lettre, d'ap. Soliman, Devéria, etc. 6 pl.

90 **La Harpe,** par Huet; Diderot, par Cathelin, etc. 13 p.

91 **Lamballe** (Mme de). 5 planches.

92 **Lamoignon** de Malesherbes. Portrait in-fol., manière noire.

93 **Laudon** (Baron de). Ferdinand de Paderborn, Guillaume d'Orange, Tornys, etc. 8 pièces.

94 **La Pérouse,** Guise, de Machy, etc. 23 pièces.

95 **Lavallière** (Mme de), par Sixdeniers et divers. 6 pièces.

96 **Lebrun** (Mme), de Montbazin, etc. 13 pièces.

97 **Leczinska** (Marie), reine, par Janet Lange et divers. 5 pièces.

98 **Le Lorrain,** Restout, Rembrandt, etc. 4 pièces, in-fol.

99 **Le Tellier,** Chancelier, par Nanteuil, Boulanger et Cheauveau. Grand in-fol. en largeur.

100 **Louis XIV** et le duc de Bourgogne, par divers. 6 pièces.

101 **Louis XVI** et Necker, etc. 5 pièces.

102 **Louis XVIII.** Portrait in-fol. en pied, avant la lettre. Beau.

103 **Louis XVIII,** Louis-Philippe, etc. 5 pièces.

104 **Louis** duc de Bourgogne, par Edelinck. In-fol.

105 **Maintenon** (Mme de), par Ficquet. In-8.

106 **Maintenon** (Mme de), par Ficquet. In-4.

107 **Mancini** (Hortense), etc. 9 pièces.

108 **Mannets** (Catherine), par Reynolds. In-fol., bistre.

109 **Marie Touchet,** Jeanne d'Arc, etc. 14 pièces.

110 **Marie Stuart** duchesse d'Angoulême, etc. 12 pièces.

111 **Marie Stuart**, par Bonvoisin et divers. 17 planches.

112 **Marie de Médicis**, par Janet Lange, etc. 3 pièces.

113 **Marie-Thérèse** et H. de Rochester. 2 pièces in-fol.

114 **Marie de France**, princesse de Piémont, par Housman. In-4.

115 **Marie-Thérèse**, par Janet Lange. 3 planches.

116 **Marie-Antoinette**, Elisabeth de France et divers. 6 pièces.

117 **Marie-Antoinette**, par divers. 17 planches.

118 **Marie-Louise**, impératrice. Avec lettre et divers. 22 planches.

119 **Marie-Louise**, en pied. Belle pièce grand in-fol., avant la lettre.

120 **Marie-Amélie** et divers. 15 pièces.

121 **Mayot**, membre du Parlement. Grand in-fol., manière noire.

122 **Milton**, Nodier, Mazarin, Montaigne, Montesquieu, etc. 24 pièces.

123 **Molière**, par divers. 24 pièces gravées et lithographiées.

124 **Montaigne**, par Ficquet, 1772. In-4. Belle ép.

125 **Montespan** (Mme de), de Récamier, etc. 14 pièces.

126 **Marion de Lorme**, Diane de Poitiers, etc. 18 pièces.

127 **Napoléon** Bonaparte, par Zehcavel. Grand portrait en pied, colorié.

128 **Couronnement de Napoléon**. Visite aux Invalides. Austerlitz, par David. 3 planches demi in-fol.

129 **Napoléon**, par B. de la Richardière. Portrait buste colorié. Grand in-fol.

130 **Bataille d'Austerlitz**. Eau-forte avant la lettre, par Gérard, grand in-fol.

131 **Napoléon** Consul et Empereur. Portraits coloriés, grand in-fol. 10 pièces.

132 **Episodes** de la vie de Napoléon et portraits. 12 pièces.

133 **Napoléon**, par Levacher, noir et colorié. 2 planches grand in-fol.

134 **Scènes** de la vie de Napoléon, par divers. 8 pièces.

135 **Napoléon**, par Vernet, Bellangé, etc. 6 pièces.

136 **Passage** du pont d'Arcole, par Vernet et divers. 5 pièces.

137 **Napoléon**, d'après Girodet et divers. Grand in-fol. 6 pièces.

138 **Napoléon** donnant ses ordres sur le champ de bataille. Estampe double in-fol., avant la lettre.

139 **Napoléon**, par Fried, portr. en pied. Colorié in-fol.

140 **Scènes** de la vie de Napoléon, par Monnet et divers. 7 pièces.

141 **Napoléon**, par Ruotte, d'ap. R. Lefèvre. Portrait grand in-fol. Colorié.

142 **Napoléon** en Allemagne, Napoléon factionnaire, etc. 9 pièces.

143 **Napoléon**, portraits-médaillons avant la lettre. 6 pièces.

144 **Nassau** (Guillaume prince de). Comte de Cusenberch, R. de Cotte, Amélie d'Anhalt. 4 portraits, grand in-fol.

145 **Nemours** (Duchesse de), H. de France, Mme de Longueville, etc. 14 pièces.

146 **Orléans** (Princesses d'). 12 pièces.

147 **Palissot**, par Choffart. In-8.

148 **Pardaillan** (de) de Gondrin, par Chereau. Grand in-fol.

149 **Perrault**, Palissot, Rabelais. 13 pièces.

150 **Piron**, par Saint-Aubin, d'ap. Cochin. In-4.

151 **Prévost**, Richelieu, Pascal. 9 pièces.

152 **Pucelle** (R.), Conseiller au Parlement, par Drevet. Grand in-fol.

153 **Quesnay** (F.), par Will. 1747. Portrait grand in-fol.

154 **Rachel** et Mlle Mars. 9 planches.

155 **Racine,** par Ethian, Uliger et divers. 12 pièces.

156 **Raynal,** par De Launay, d'ap. Cochin. In-4. 3 pièces.

157 **Regnard,** par Ficquet, d'ap. Rigaud. In-8.

158 **Renault** (Cécile), Sainte Geneviève, etc. 8 pièces.

159 **Richter,** Jean Bart, etc. 4 pièces in-8.

160 **Roland** (Mme) et divers. 39 pièces.

161 **Rousseau** (J.-B.), par Hopoal. In-4, avec lettre.

162 **Rousseau** (J.-B.), par Ficquet, 1765. In-fol.

163 **Rousseau** (J.-B.), par Ficquet, d'ap. Latour. In-8.

164 **Rousseau** (J.-J.), par Marillier. Baron de Longueval, etc. 9 p.

165 **Rousseau** (J.-J.), par divers. 56 pièces.

166 **Rousseau** (J.-J.), par Saint Aubin. 2 portr. in-4. Beaux.

167 **Rousseau** (J.-J.), par Nocher. Portr. gr. in-fol.

168 **Sablière** (Mme de la), Pompadour, Dufrenoy, etc. 13 p.

169 — **Schulembourg** (De), d'Essex, Yung, etc. 17 p.

170 **Scribani,** H. de Berghe. etc., d'apr. VanDyck. 4 p. in-fol.

171 **Sévigné** (Mme de), par Alix. Port. in-fol. col.

172 **Silvestre de Sacy.** — Scribe. — Saint Simon. 10 lith. in-fol.

173 **Staël** (Mme de), par Dien et divers. 14 pl.

174 **Thou** (Fr. de), décapité en 1642, d'apr. Charbonet. 26 épreuves in-4.

175 **Tintoret** (Le). Portr. in-4.

176 **Tourville,** par Lebeau, d'ap. Desrais. In-4.

177 **Van Dyck,** Moret, peintres, etc. 10 p.

178 **Van Dyck** (La femme de), par Soliman. Avec lettre, gr. in-fol.

179 **Varner** (A.), par Largillière, etc. 2 p. in-fol., manière noire.

180 **Christine** de Suède, par Ferdinand, d'ap. Van Dyck. In-4.

181 **Victoria** d'Angleterre, Eléonore d'Autriche, etc.
9 planches.

182 **Volney**, Virgile. Petit médaillon. 39 pièces, in-8.

183 **Voltaire**, par divers. 26 pièces.

184 **Voltaire**, buste par Barbié. In-4.

185 **Voltaire**, par Cathelin, d'ap. Latour. In-4.

186 **Voltaire**, par Balechou. In-8.

187 **Triomphe** de Voltaire, par Duplessis. In-fol.

188 **Withmore** (Lady), d'ap. Lely. Petit in-fol., manière
noire.

189 **Portraits** de Femmes. Lithog. Delpech. 8 p. colo-
riées. In-8.

190 Lot de 6 Portraits.

191 **La Dauphine**, la comtesse de Provence, etc.
11 p.

192 **Raphaël** et **Van Dyck**. 2 cadres.

193 **Députés** à l'Assemblée nationale de 1848, par
Bonheure. Petit in-4. 114 p.

194 **Pastel**. Portrait de Femme.

195 **Portraits** d'Évèques et de Religieux.

196 **Portraits** variés. In-4 et in-8. Lot de 81 p.

197 **Célébrités** du xviiie siècle, d'ap. Delatour, Monnet,
Ingouf, etc. 7 p. in-fol.

198 **Fermes**, par J. de Marées. 2 p. In-fol. manière
noire.

199 **Portraits** de Peintres français. 13 lithogr.

200 **Souverains** étrangers, d'ap. Van Dyck et divers.
6 p.

201 **Portraits** d'Artistes italiens, allemands, hollandais,
belges, etc. 31 lithog.

202 **Conspirateurs** des Pays-Bas. Canard populaire
publié à Utrecht, en 1623. In-fol.

203 **Portraits** des Rois de France, suite de Desro-
chers et d'ap. Odieuvre. 124 p.

204 **Portraits** de Souverains, Princes, etc. 58 p.

205 **Portraits**, dont un dessin, et Mlle Mars. 25 p.

206 **Moncornet**. Portraits divers. In-4. 22 p.

207 **Portraits** d'Artistes flamands, d'ap. Van Dyck et divers. 13 p. in-4.

208 **Charlotte** de Nassau. Sentiments religieux. 2 pl. In-fol.

209 **Portraits**. Médaillon gravé par A. Tardieu. In-4. 112 p.

210 **Téniers** anciens. 2 p.

211 **Emblèmes** historiques sur Napoléon: avec lettre, etc. 9 p.

212 **Portraits** avant la lettre.

VARIÉTÉS

213 **Tête** de Femme. Médaillon ovale, par Demarteau. Crayon noir. In-fol. Beau.

214 Lot de 9 pièces.

215 **Pomone**. par Dossier, d'ap. Rigaud. In-fol.

216 Lot de 28 pièces.

217 **Fileuse** (La), par Baléchou. In-fol.

218 Lot de 25 pièces.

219 **Vénus** et l'Amour, par Delen. — Maria Ruten, par Boisvert. 2 p. in-fol.

220 Lot de 12 pièces.

221 **Cupidon**, par Benwiell. In-fol.

222 Lot de 25 pièces.

223 **Têtes** de Femmes. Costumes. 6 p.

224 Lot de 18 pièces.

225 **Tête** de Femme, par Debucourt. In-fol.

226 Lot de 12 pièces.

227 **Costume** de Napoléon le jour du sacre, par Pauquet. In-fol. cpl.

228 **Vignettes** sur l'Histoire de France, par Cochin. 25 p. in-4.

229 Lot de 6 planches.

230 **Costumes** du temps du Directoire, par Bonneville. — Charles X. 12 p. en couleur.

231 Lot de 6 pièces.

232 Lot de 12 pièces.

233 **Le Matin** et le Soir, de Baudoin. École française. 2 cadres.

234 Lot de 24 pièces.

235 **La Fécondité**. — Les Sabots, par Boucher. 2 pièces.

236 Lot de 30 pièces.

237 Sujet de genre. Gravure anglaise, en couleur.

238 Lot de 12 pièces.

239 **Amours** et Sujets gracieux, noirs et coloriés. 7 pièces.

240 Lot de 20 pièces.

241 **Sujets** gracieux, noirs et coloriés. 7 pièces.

242 Lot de 10 pièces.

243 **Sujets** gracieux, par Gérard. 4 p. in-fol.

244 Lot de 34 pièces.

245 **Emblèmes** amoureux, xviie siècle, gravure allem., 40 p. in-4.

246 Lot de 25 pièces.

247 Lot de 6 pièces.

248 **Dessins** d'Amours et portraits. 14 pièces.

249 Lot de 20 pièces.

250 **Emblèmes** galants, noirs et coloriés. 5 pièces.

251 **Illustrations** p. les œuvres de Bernardin de Saint-Pierre, d'ap. Adam. 58 p. in-8.

252 Lot de 18 pièces.

253 **Ancien Testament**, par Deveria. 18 pièces in-4, avant la lettre.

254 Lot de 12 pièces.

255 **Gessner**. Illustrations diverses, par Gaucher, Le Barbier, etc. 15 planches in-fol.

256 Lot de 12 pièces.

257 **La Fontaine.** Illustrations pour les Contes. 62 planches.

258 Lot de 30 pièces.

259 **Bible.** Vignettes allemandes. 14 pièces.

260 Lot de 15 pièces.

261 **Frontispice** du Commentaire sur *la Henriade*, 1765. In-4, belle ép.

262 Lot de 60 pièces.

263 **LaFontaine**, par Ficquet, Pauquet, etc. 55 pièces.

264 **La Fontaine.** Vignettes d'ap. l'édition des Fermiers généraux. Épreuves avant la lettre. 19 planches.

265 Lot de 20 pièces.

266 **Illustrations** p. *la Henriade*, par Gravelot. 11 planches in-4.

267 Lot de 65 pièces.

268 **Contes** de Boccace. 35 vignettes.

269 Lot de 30 pièces.

270 **Rousseau** (J.-J.). Suite des 9 figures avec lettre, in-18 de Deveria, pour *Émile*. Suite des 9 figures in-8 de Deveria, pour *La Nouvelle Héloïse*, sur chine.

271 Lot de 12 pièces.

272 **Pope.** Suite des 23 figures de Blakey, Waie, Hayman. (Édition originale. Belles ép. du 1er tirage).

273 Lot de 20 pièces,

274 **Ancien** et **Nouveau Testaments.** Suite de 25 figures in-8 grav. par Tardieu, d'après les Maîtres.

275 Lot de 24 pièces.

276 **Contes** de La Fontaine. Vignettes d'Eisen. 15 p.

277 Lot de 22 pièces.

278 Suite des 9 belles figures, par Limmell, pour les OEuvres de Gustave.

279 Lot de 12 pièces.

280 **Marmontel**. Suite de 14 pièces à toutes marges.

281 Lot de 13 pièces.

282 **Mille et une Nuits**, Westall. Suite complète. Suite de 6 vignettes sur chine, avant la lettre.

283 Lot de 38 pièces.

284 **Ancien** et **Nouvaaau Testaments**. Suite de 19 figures espagnoles, gravées par J. Adam. avant la lettre, sur chine.

285 **La Fontaine**. Gravures pour les Fables, avant la lettre. Grand in-8. 22 pl.

286 **Variétés** (Genre).

287 **Pope**. Suite de 24 figures, d'ap. Blakey, Wale et Hayman.

288 **Révolution française**. Suite de Johannot, Scheffer, etc., gravée par Blanchard.

289 Lot de 34 pièces.

290 **Histoire d'Angleterre**. Lot de 21 figures diverses, par Bernard Picart, Lefèvre, Paul Delaroche et R. Girardet. etc, 4 toutes marges.

291 Lot de 13 pièces.

292 **Ourika**, (par Mme de Duras). Suite de figures de Desenne en 4 ép. sur chine, avant la lettre.

293 **Armide**. Suite d'épreuves à la sanguine, de 38 figures in-4, qui paraissent inédites (et n'ont pas été trouvées à la Bibliothèque nationale).

294 Lot de 18 pièces.

295 **Milton**. 5 figures et 1 portrait, par Thurston, Howard, etc. Grand papier. (Londres, 1801) pour *Le Paradis perdu*. 6 figures et portrait. *Autre suite*, par Thurston.

296 Un Christ en croix, par Prud'hon. J... fcl.

297 **Pope**. Suite de 12 figures, grand papier et 1 portrait,
par Coypel et Malbeste, pour l'*Iliade*.

298 Lot de 8 pièces.

299 **Ancien et Nouveau Testaments**. 22 figures de
Westall. Grand in-8. Belles ép.

300 Lot de 20 pièces.

301 **Révolution française**. Suite par Duplessis-Ber-
taux, gravée par Dupréel. In-18 (ouvrage de M, de
Lacretelle). 10 figures, 1 avant la lettre. Suite Duples-
sis-Bertaux.
(Tableaux de la Révolution), 10 figures. Têtes de
pages. 11 figures, par Couché fils et Bovinet.

302 Lot de 12 pièces.

303 **La Fontaine**. Suite complète de 9 Vignettes, d'ap,
Moreau, pour Psyché et Adonis, montées à châssis.

304 Lot de 8 pièces.

305 **Cochin**. Lot de 25 feuilles.

306 **Raynal**. Suite de Moreau (1780), gravée par Delon-
gueil, De Launay, etc. 12 figures dans les 2 formats.
in-8 et petit in-4.

307 **La Harpe**. Suite des 24 figures pour l'*Histoire de-
Voyages*.

308 **Deveria**. 18 pièces.

309 **Homère** (Iliade). Suite des 23 figures de Bernard,
Picart. Belles ép.

310 **Delille**. Traductions de Virgile. 4 figures d'Eisen,
avant la lettre. 9 figures de Moreau.

311 Lot de 22 pièces.

312 **Bible**. Suite de 66 figures de la fin du xviie siècle,
in-16, remontées in-4.

313 **Plaute**, frontispice de Térence. Suite des 7 figures
de Gravelot, avant la lettre. 4 figures diverses.

314 **Lucain**. Suite des 12 figures (1 portrait, 1 frontispice, 10 chants), de Chauveau. 22 planches.

315 **La Harpe**. Suite des 60 figures et 1 portrait, par Victor Adam. Toutes marges.

316 **De Lille**. Suite des 15 figures, pour la traduction de Virgile.

317 **Homère**. L'*Iliade*, suite anglaise, imitée de Marillier. 11 figures.

318 **Satire Ménippée**. Suite de 8 figures de Deveria, gravées par Alfred Tony Johannot, etc. (Manque une figure à la deuxième partie). 5 figures (la première partie), même suite, sur grand papier teinté.

319 **La Philosophie de la Nature**. Suite de Monnet. In-8.

320 **Tibulle**, Catulle, Properce. Suite de Borel, 5 figures in-8; 6 figures diverses (Marillier, Martini, etc.).

320 *bis* **Horace**. 8 figures diverses et portraits (Cochin, Lafitte, B. Picart, etc.), (19 figures).

321 **Jérusalem délivrée**. Suite des 20 figures et 2 portraits gravés, par Alexandre. Avant la lettre. marges.

322 **Homère**. *Iliade*. Suite des 24 figures et 1 frontispice, de Bernard Picart. Edition de 1753.

323 **Voltaire**. Théâtre. Suite des 34 figures in-18. Édition *Didot*.

324 Suite de 11 figures pour les *OEuvres de Pope*.

325 **Jérusalem délivrée**. Suite des 4 figures de Rogier, et 1 portrait, toutes marges. — 8 figures anglaises, de Williams. — 2 figures de Deveria, avant la lettre. — 2 figures avant la lettre. 3 portraits. — 20 figures.

326 **Racine**. Suite des 12 figures, de Choquet, sur chine, remontées, grand papier.

327 **Gil Blas**, 31 fig. de Choquet, Victor Adam, Deveria, la plupart avant la lettre.

328 **Histoire de France.** Suite d'Émile Wattier.
12 figures sur chine et 1 portrait *idem* (Pour
l'*Histoire de Montgaillard*). — 12 figures de Gérard,
Hersent, J. David, Raffet, etc. Toutes marges. —
13 figures diverses anciennes et modernes, de
Moreau, Eisen, Cochin, Pasquier, Johannot, Girardet, etc.

329 **Mille et une Nuits.** Suite de 6 figures, par
Westall, pour l'édition Galliot. Épreuves sur chine
avant la lettre.

330 **Révolution française.** Suite d'Alfred et Tony
Johannot, Scheffer, etc. Gravée par Mauduit,
Blanchard, Revel, etc. 10 figures, toutes marges. —
3 figures. de Duvivier, etc., in-12, avant la lettre.

331 **Histoire de Napoléon Ier.** 21 figures de Steuben,
Scheffer, Deveria. Eaux-fortes, avec et avant la
lettre. 43 figures.

Vᵉˢ RENOU, MAULDE et COCK, imprˢ de la Compagnie des Commissaires-Priseurs.
rue de Rivoli 144.   22469